MW01047230

Marcuse, Aída E.
    ¿Quién hizo los mundos? / Aída E. Marcuse ;
ilustraciones Andrés Rodríguez. -- Bogotá : Panamericana
Editorial, 2008.
    108 p. : il. ; 21 cm. -- (Colección juvenil)
    ISBN 978-958-30-2960-8
    1. Leyendas indígenas - Literatura juvenil 2. Mitología
indígena - Literatura juvenil I. Rodríguez, Andrés, il. II. Tít.
III. Serie.
I398.2 cd 21 ed.
A1157199

    CEP-Banco de la República-Biblioteca Luis Ángel Arango

¿Quién hizo los mundos?

Leyendas de las Américas

Tercera reimpresión, julio de 2012
Primera edición, en Panamericana Editorial Ltda.,
abril de 2008
© Aída E. Marcuse
© Panamericana Editorial Ltda.
Calle 12 No. 34-30, Tel.: (57 1) 3649000
Fax: (57 1) 2373805
www.panamericanaeditorial.com
Bogotá D. C., Colombia

Editor
Panamericana Editorial Ltda.
Edición
Luisa Noguera Arrieta
Ilustraciones
Andrés Rodríguez
Diagramación y diseño de carátula
Martha Isabel Gómez

ISBN 978-958-30-2960-8

Impreso por Panamericana Formas e Impresos S. A.
Calle 65 No. 95-28, Tels.: (57 1) 4302110 - 4300355
Fax: (57 1) 2763008
Bogotá D. C., Colombia
Quien solo actúa como impresor.
Impreso en Colombia

Printed in Colombia

¿Quién hizo los mundos?
Leyendas de las Américas

Aída E. Marcuse

Ilustraciones
Andrés Rodríguez

Contenido

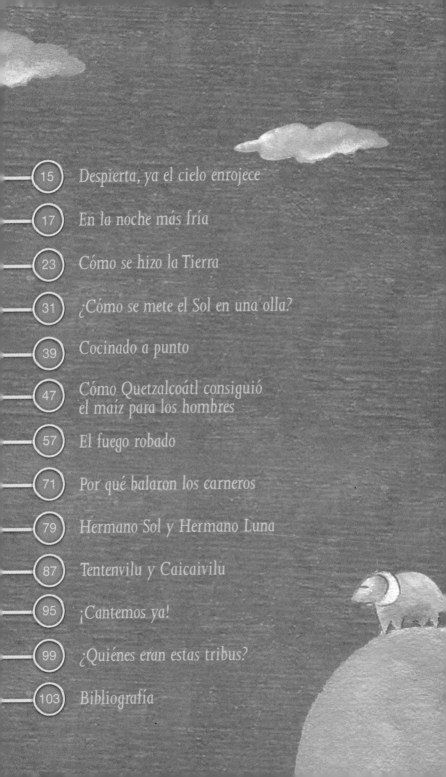

De nuestras raíces

¿Qué somos? ¿Quiénes somos? ¿De dónde venimos?

Desde que existe, el hombre ha tratado de contestar estas preguntas. Y ha transmitido de generación en generación sus respuestas en forma de mitos, leyendas y cuentos que, cuidadosamente conservados, han llegado hasta nosotros.

La historia se apoya en hechos comprobados. El folclor, en cambio, pertenece al reino espiritual y, para comprender el significado de cada experiencia, se vale de la imaginación y de la intuición. Es un proceso emocional, no intelectual, tan misterioso como la poesía.

Los mitos, las leyendas y los cuentos folclóricos, explican cómo se hizo el mundo, cómo nacieron los pueblos, cómo el hombre obtuvo su alimento y cómo apareció el mal sobre la tierra.

En los mitos, las distintas fuerzas están en conflicto constante. La naturaleza es todopoderosa y condiciona nuestras vidas. Su poder se manifiesta en cada montaña, río, piedra y guijarro, porque todo tiene vida.

En nuestras tres Américas, las tribus indígenas conservan preciosamente sus ceremonias, canciones y danzas rituales, que son el patrimonio de cada cultura.

El Creador tuvo que crearse a sí mismo y después creó otros dioses para que lo ayudaran. Pero el Creador no era infalible, se equivocaba a menudo y más de una vez tuvo que recomenzar su tarea.

Así, los dioses de los Aztecas tuvieron que hacer trece cielos y cinco soles antes de que la Tierra y las estrellas conservaran los lugares donde están ahora.

Además de hacer todo lo que existe, los dioses le dieron al hombre cultura, conocimientos y el regalo más grande de todos: la conciencia, que le permite distinguir entre el bien y el mal. Pero los hombres eran imperfectos, desobedientes e ingratos y más de una vez tuvieron que ser destruidos y reemplazados por una humanidad nueva.

Estas historias son mágicas, expresan la realidad del ser y el alma de cada tribu. Vayamos con ellas, desde el Polo Norte hasta Tierra del Fuego, a través de océanos, cadenas de montañas, selvas tropicales, llanuras, pampas y desiertos.

...Cayó la noche... La Luna brilla pálida sobre los leños de la fogata... Sentémonos a su alrededor. Hace frío. Aquí hay mantas. Los grillos chirrían y las lechuzas chistan... escuchen...

...Esto pasó hace mucho, mucho tiempo...

Oración fúnebre Azteca

México

Despierta, ya el
cielo enrojece

(Del **Código Matritense,** oración fúnebre Azteca)

espierta, ya el cielo enrojece,
ya se presentó la aurora,
ya cantan los faisanes
color de llama,
las golondrinas color de fuego,
ya vuelan las mariposas...

Mito de los Inuit

Alaska Occidental

En la noche más fría

Esta es la historia de nuestro pueblo, los Inuit.

Los demás nos llaman esquimales, pero nosotros nos llamamos así: Inuit, pueblo. Hablamos el mismo idioma, tenemos las mismas creencias y nos gustan las mismas comidas, especialmente la carne de reno y de ballena y los arándanos marinados en aceite de foca. Somos hermanos. Sabemos el frío, la oscuridad, las ballenas y los osos. Y sabemos cómo se hizo el mundo.

Esta historia camina desde hace mucho tiempo. Viste un traje de musgo seco y un cinturón de flores blancas. Dice así:

Cuando nuestro pueblo empezó a recordar, la Tierra ya era como es hoy.

Antes no había nada. Y de la nada no se puede crear nada.

Por eso, Cuervo, el Creador, empezó por crearse a sí mismo.

Después hizo una enredadera. En ella creció una semilla. Y adentro había un hombre dormido.

La semilla cayó al suelo, se rompió y el hombre despertó violentamente.

Abrió los ojos y a su lado vio a Cuervo, el Creador. Cuervo se quitó su plumaje negro y brillante y se transformó en un hombre como él.

—¿De dónde vienes? —preguntó Cuervo.

—Me caí de esa enredadera —contestó el hombre.

Cuervo se sorprendió. Él la había hecho, pero no recordaba haberle puesto esa semilla.

—¿Tienes hambre?¿Qué comiste? —dijo Cuervo.

—Tomé un poco de esa cosa blanda que hay en el suelo.

—Eso es agua. No es alimento. Espera aquí.

Cuervo retomó su forma de pájaro, agitó las alas y levantó el vuelo.

Regresó cuatro días después, con varias frutas rojas en el pico. Las arrojó a los pies del hombre y dijo:

—Cómelas, serán tu alimento. Pero reserva algunas. Te diré cómo conseguir más.

En cuanto el hombre terminó de comer frutas, Cuervo le enseñó a plantar y cuidar las plantas.

Por un tiempo, el hombre vivió contento comiendo fresas, cerezas y moras. Un día, Cuervo tomó un poco de barro del suelo e hizo algunas ovejas. ¡Las hizo bien gordas y lanudas!

Después les dio vida con un vigoroso batir de alas. Y las ovejas balaron:

—Baaaa... baaaa....

Después, Cuervo hizo los osos. No porque hicieran falta: la carne de oso es desagradable.

Los hizo para que el hombre tuviera miedo de algo.

Cuando acabó de hacer osos, Cuervo miró al hombre. Éste meneaba la cabeza.

—¿Qué te pasa?¿No te gustan mis osos? Si no te metes con ellos, no te harán daño.

El hombre siguió meneando la cabeza, muy descontento.

—¿Qué te pasa? ¿Acaso no tienes todo lo que necesitas?

—Me diste las plantas y los animales para alimentarme. Me diste los osos para asustarme —dijo el hombre—, ¡pero estoy solo, no hay nadie más como yo!

Cuervo pensó qué más podía querer el hombre. Tomó otro poco de barro del suelo y lo amasó un rato largo. Con ese barro hizo una hermosa mujer y le dio vida con su batir de alas. Al hombre le gustó la mujer. Juntos formaron la primera familia. Tuvieron hijos, y de los hijos de sus hijos nacimos todos los Inuit.

Cómo se hizo la Tierra

Al principio del principio, sólo había el cielo y el mar.

En el Mundo del Cielo reinaba un viejo cacique, Rawennio. En ese mundo había un manzano, el Árbol de los Cuatro Puntos. Sus raíces se extendían hacia el norte, hacia el este, hacia el oeste y hacia el sur.

Un día que estaba enojado, Rawennio arrancó el manzano de cuajo. Y donde habían estado las raíces quedó un inmenso agujero. Ahora bien... el cacique tenía una hija joven que era muy curiosa. En cuanto vio el agujero, quiso saber qué había más allá del cielo.

23

—Está bien, asómate, pero ten cuidado —le dijo su padre.

La chica se asomó y no vio nada. Se inclinó un poco más, y otro poco más. Al tercer poco más, ... perdió el equilibrio y cayó.

Desesperada, trató de agarrarse del borde del agujero, pero sus dedos resbalaron y sólo le quedaron en las manos algunas semillas que habían caído del manzano.

Debajo de la muchacha había muchas nubes. Y más allá de las nubes, una inmensa extensión de agua. La muchacha siguió cayendo.

Debajo del Mundo del Cielo, estaba el Mundo del Mar, habitado por los animales marinos. Había peces, cangrejos, tortugas; patos, cisnes...

—¡Miren, viene alguien del mundo de la luz! —parpó un pato al ver la mancha negra que caía.

—Debemos ayudarle para que no se lastime—. La tortuga alzó la cabeza hacia el cielo.

—Puede posarse sobre mi caparazón, es lo único sólido que hay por aquí —ofreció.

—Cierto. Pero no podrás sostenerla porque es muy grande. Necesitamos algo más fuerte —dijo el pato, y se zambulló.

El pato nadó un rato bajo la superficie de las negras aguas, pero no encontró nada sólido. Se lanzó en picada hacia abajo, pero el Mundo del Mar era muy profundo, y no consiguió llegar hasta el fondo.

—Iré yo, puedo aguantar bajo el agua mucho más que tú —dijo el somormujo. Sacudió las cortas alas negras, agitó un par de veces las coloridas plumas, y se zambulló. Pero tampoco pudo alcanzar el fondo.

—Es mi turno —dijo el castor—. Tomó una gran bocanada de aire, y se zambulló de cabeza. El aire se le acabó cuando todavía estaba lejos del fondo, y el castor regresó a la superficie resoplando.

—Lo intentaré yo, déjenme pasar —dijo la rata almizclera, pasando entre el pato, el somormujo y el castor.

La rata almizclera se llenó los pulmones con tanto aire que parecía un globo a punto de explotar, no una rata a punto de zambullirse.

Tomó impulso y se tiró de cabeza. Buceó hasta el fondo y, cuando ya estaban por estallarle los pulmones, la pata delantera, que llevaba extendida, tocó algo. Era un poquito de tierra.

—Pónla sobre mi espalda —dijo la tortuga cuando la rata almizclera regresó a la superficie.

Apenas la rata almizclera la puso sobre la espalda de la tortuga, la migaja de tierra empezó a crecer. Creció y creció, hasta que se convirtió en el mundo de hoy, con montañas, valles y todo.

Dos cisnes volaron hacia el cielo, recibieron a la muchacha en sus alas extendidas y la trajeron suavemente a la tierra recién nacida, como flotando en un paracaídas.

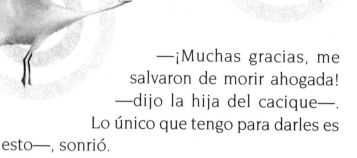

—¡Muchas gracias, me salvaron de morir ahogada! —dijo la hija del cacique—. Lo único que tengo para darles es esto—, sonrió.

Les dio las semillas que traía en las manos, los animales las plantaron en la tierra, y allí germinaron. De ellas nacieron todas las plantas, los árboles y las flores que cada primavera llenan el mundo de alegría.

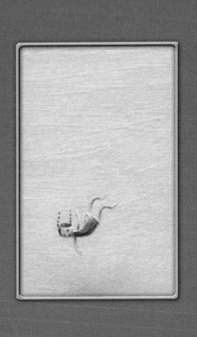

Mito de los Cheroqui

Estados Unidos

¿Cómo se mete el Sol en una olla?

n el mundo ya había injusticias. Vean si no: la mitad de la tierra tenía luz, y la otra mitad vivía a oscuras.

Los dueños del Sol tenían luz, y también tenían calor y pasaban el tiempo en la playa. Tenían fuego para cocinar y comían comida caliente. Los que estaban a oscuras vivían a tientas, tropezaban, se caían a cada rato y estaban siempre doloridos y llenos de moretones.

—¡Esto no es justo! —dijo el zorro—. ¡Nosotros también necesitamos luz!

Sin más, salió a la carrera a buscarla al otro lado del mundo. Pero no se la quisieron dar. Ni un poquito. Los del otro lado del mundo querían toda la luz para ellos.

—¡Iré a quitársela! —dijo la zarigüeya, arrugando el largo hocico y entrecerrando sus ojos chiquitos.

—¿Ah, sí, y cómo traerás la luz del Sol hasta aquí? —le preguntó el zorro, socarrón.

La zarigüeya en aquellos tiempos tenía una cola larga como ahora, pero bien peluda, como la del zorro.

—La esconderé en mi hermosa cola —dijo.

Allá fue. Cuando llegó a la otra mitad del mundo, lo primero que vio fue al Sol, colgado perezosamente de la copa de un árbol.

La zarigüeya trepó por el árbol y le arrancó un pedacito, pero el Sol apenas lo sintió. Rapidísima, la zarigüeya emprendió camino a casa, con el pedazo de Sol metido entre los pelos de la cola.

Pero...

—¡Ayyyy...ohhhhh....uyyyyy! ¡Me quemo! ¡Socorro! —pelo por pelo, el Sol le quemó toda la cola, y desde entonces la tiene pelada.

La zarigüeya regresó quemada y sin el Sol.

—Eso te pasa por tonta —dijo el buitre—, ¿a quién se le ocurre cargar algo tan caliente en la cola? Yo lo traeré sobre mi cabeza.

El buitre voló y voló, hasta que vio el Sol remoloneando sobre el árbol. Le arrancó un pedacito.

El Sol dijo —¡ay, algo me picó! Pero antes de que lo viera, el buitre echó a volar, con el trozo de Sol balanceándose sobre su cabeza.

—¡Ay, qué calor hace! ¡Uy, qué pesado es este pedazo de Sol! ¡Ohhhhhhh, me está dejando la cabeza desplumada!

Con las plumas ardiendo, el buitre no tuvo más remedio que dejar caer su carga. Desde entonces, tiene la cabeza pelada y roja.

La Abuela Araña escuchó toda la historia y lo consoló.

—Me pregunto si yo podré traer el Sol... —dijo.

—¿Tú? ¡Mírate! No tienes fuerza, eres diminuta, no podrás ni acercarte a él... —dijo el buitre.

—Veremos... veremos...

La Abuela Araña era conocida por las hermosas ollas que hacía. Así que se fue a su taller de alfarería, e hizo girar el torno con sus ocho patas. En cuanto terminó de hacer una hermosa olla, la cargó en su lomo y emprendió camino.

Tardó mucho tiempo en llegar al otro lado del mundo. Cuando llegó al mundo de la luz, la araña se puso a tejer. Tejió sin parar, hasta que terminó una telaraña inmensa.

Era tan delgada, que ninguno de los habitantes del mundo de la luz la vio. La Abuela Araña envolvió al Sol en la telaraña, lo metió dentro de la olla, y lo cargó en la espalda.

—¡Uf, qué pesado... vaya que está caliente... me estoy cansando... —rezongó la araña todo el camino de regreso.

Pero era testaruda, y no se dio por vencida. Cansada, sofocada de calor, muerta de sed, la Abuela Araña regresó a su mundo con el Sol a la espalda. Desde entonces, el Sol alumbra y calienta el mundo entero, no solamente la mitad.

Mito de los Pima

de la Nación Pueblo

Suroeste de Estados Unidos

Cocinado
a punto

El Creador había terminado su tarea y contemplaba su creación. Pero no estaba contento. Había cielo, estrellas, mares, continentes, Sol, Luna, animales, pájaros, peces, mariscos, focas, maíz y chocolate.

—¿Qué falta aquí? ¿Qué queda por hacer? —se rascaba la cabeza.

Los trinos de los pájaros acariciaban su oído. Las ramas de los árboles lo abanicaban suavemente. El Creador se sentó a la sombra y pensó.

—¡Ya sé! ¡Aquí falta alguien como yo, que pueda disfrutar toda esta belleza conmigo! —dijo.

Sin perder un momento, tomó un puñado de tierra del suelo, la mojó con agua del arroyo, y empezó a darle forma al barro. De vez en cuando se miraba las manos y hacía los dedos del muñeco más largos y más finos. Después, el Creador construyó un horno y encendió adentro un fuego.

Estaba haciendo eso cuando Coyote pasó por allí. Curioso como era, se puso a husmear el muñeco.

—¡Qué mal lo hizo! ¡Qué feo es! Lo arreglaré... —dijo. Le acortó los brazos y las piernas, le puso una cola

larga y peluda, y le hizo orejas puntiagudas. Después convirtió la boca en un hocico afilado, y se marchó.

El Creador terminó de preparar el fuego y puso el muñeco adentro del horno, sin mirarlo.

—Ya debe estar hecho —dijo al rato.

Cuando sacó el muñeco del horno, le insufló vida con su aliento.

—Guauuu, guauu —ladró su creación, moviendo la cola alegremente.

—¿Qué es esto? ¡Ya veo! ¡Coyote pasó por aquí! —dijo el Creador muy enojado.

—¡Coyote, ven de inmediato! —llamó.

Coyote vino a la carrera.

—¡Mira esto! ¡Arruinaste mi obra! —lo regañó.

41

—¡Oh, no, la mejoré! ¡Era un muñeco muy feo!

—Sí... la mejoraste... ahora se parece a ti... no vuelvas a hacerlo. Por eso tenemos perros ahora. Por culpa de —o gracias a— Coyote.

...El Creador volvió a poner manos a la obra...

—Esta vez haré dos de ellos, para que se hagan compañía —decidió.

Hizo un hombre y una mujer de barro y los puso a cocinar en el horno.

—¿Ya estarán hechos? —preguntó al rato.

—¡Sí, sí, están perfectos! —dijo Coyote, metiendo la cabeza en el horno y chamuscándose los pelos del hocico.

El Creador los sacó del horno. No estaban bien cocidos, estaban blancos y pálidos.

—¡Coyote, no sabes nada! Así no me sirven... los enviaré a otro lado...

Y envió a los hombres blancos a vivir al otro lado del mar.

El Creador hizo otros dos muñecos y los puso en el horno.

—¿Ya estarán hechos? —dijo al rato.

—No, seguro que están crudos, como los otros dos. Déjalos un poco más —dijo Coyote.

El Creador los dejó varias horas más. Cuando los sacó, les dio vida con su aliento.

—Oh, no... están completamente quemados... —dijo.

—Coyote, están demasiado oscuros, aquí no me sirven, los enviaré al otro lado del mar, a las tierras calientes —dijo el Creador.

Y pacientemente hizo otros dos muñecos. Esta vez no dejó a Coyote acercarse al horno. Se puso delante de él, y se quedó vigilando hasta que le pareció que estaban como él los quería.

Ni muy blancos, ni muy negros.

El Creador los sacó del horno, les insufló vida con su aliento, y el hombre y la mujer se pusieron a hablar, a cantar y a reír. Iban de un lado a otro, reconociendo la tierra. No estaban crudos ni quemados.

—¡Ahora sí... están cocinados a punto! —sonrió el Creador, contento.

Esos hombres y mujeres hermosos somos nosotros, los Indios Pueblo.

México

Cómo Quetzalcóatl consiguió el maíz para los hombres

ace mucho tiempo, cuando el mundo estaba recién hecho, el cielo y la tierra separados, el Sol alumbraba los días y la Luna ya iluminaba las noches; Quetzacóatl y sus hermanos, los dioses de los Aztecas, hicieron los hombres. Pero eran unas criaturas débiles y sin fuerza, que ni siquiera sabían que necesitaban comer.

—Tenemos que fortificarlos. Quetzalcóatl, consígueles algún alimento que les dé energía —dijeron los demás dioses.

Quetzalcóatl sabía que en algún lado existía un alimento perfecto para ellos. Era el maíz. Pero no sabía dónde estaba.

—¿Sabes dónde crece el maíz? —les preguntó a cuantos encontraba.

Nadie sabía nada. Por fin, una abeja le dijo:

—La hormiga roja tiene maíz guardado en una cueva.

El dios la buscó mucho tiempo, hasta que un día la hormiga roja apareció por el sendero, cargando en la cabeza un grano de maíz blanco.

—Buenos días, preciosa hormiga, ¿me darías ese grano? Necesito maíz para alimentar a los hombres —dijo Quetzalcóatl.

—¡Oh, no, yo también lo necesito! —contestó la egoísta hormiga.

—Sí, claro... ¿Pero...qué tal si me dices dónde crece, y yo voy a buscarlo?

—¡Oh, no, no te lo diré! —dijo la hormiga, temerosa de que el dios se llevase todo el maíz de la tierra y no les dejase nada a las hormigas.

La hormiga roja acomodó bien el grano de maíz sobre su cabeza y siguió caminando.

—¡Vamos, hormiguita! ¡Sólo quiero un par de granos de esa planta maravillosa! ¡Tú y tus hermanas seguirán teniendo todo el maíz que necesitan!

—¡No, no y no! —dijo la hormiga.

—¡Sí, sí y sí! —insistió Quetzalcóatl.

—¡No, no y no! —dijo la hormiga. Pero era difícil discutir con un dios. Cuando Quetzalcóatl repitió:

—¡Sí, sí y sí! —la hormiga cedió.

—Está bien... te llevaré al lugar donde está guardado el maíz...

Los dos caminaron juntos hacia el cerro Tonacatepetl, que era la Montaña de la Subsistencia. En cuanto llegaron, la hormiga roja se metió en un pequeño agujero.

—¡Él no podrá pasar... no se llevará mi maíz! —se rió la hormiga.

Quetzalcóatl trató de entrar de frente, y sólo pudo meter el dedo gordo del pie. Cuando quiso meter una mano en el agujero, se le quedó atascada.

—Esa hormiga tramposa... sabe que soy demasiado grande para entrar aquí... pero no sabe que yo puedo hacerme más pequeño —dijo.

Quetzalcóatl se convirtió en una hormiga negra, y entró en la cueva. La cueva era inmensa y estaba iluminada por estalactitas. Por todos lados había montañas de granos de todos los colores. Había maíz blanco, morado, negro y amarillo.

La hormiga roja contaba los granos, les pasaba un plumero para quitarles el polvo, los juntaba por color, los separaba por tamaño.

Quetzalcóatl cargó todo el maíz que pudo, recobró su forma de dios y llevó su preciosa carga al cielo.

—¡Aquí está el maíz! Será buena comida para los hombres —dijo.

Pero los granos eran muy duros y los hombres no tenían fuerzas para masticarlos. Así que los cinco dioses masticaron los granos hasta convertirlos en una papilla, y se la dieron de comer en la boca a los hombres.

—Miren qué fuertes se están poniendo —se alegró Quetzalcóatl.

—Sí, pero la Montaña de la Subsistencia está muy lejos. Y no podemos darles de comer en la boca para siempre —dijeron sus hermanos.

Quetzalcóatl suspiró. Tenían razón: los hombres eran responsabilidad de él, y los otros dioses tenían a su cargo otras tareas, como hacer llover o asegurarse que el Sol saliera todos los días.

Quetzalcóatl regresó a la montaña, le ató una cuerda y trató de arrastrarla. Pero la montaña no se movió ni un poquito. Quetzalcóatl la rodeó con sus brazos y quiso levantarla. No pudo. Era demasiado pesada hasta para él.

—Paciencia. Llevaré los granos y los haré crecer donde viven los hombres —sonrió Quetzalcóatl—. ¡Ya verán esas hormigas egoístas!

Enseguida llamó a su hermano, el Dios del Trueno. El Dios del Trueno levantó una mano y apuntó el dedo índice hacia la montaña. Zigzagueó un relámpago, se oyó el estruendo de un trueno, y un rayo poderoso partió en dos la Montaña de la Subsistencia.

Los granos de maíz saltaron por todas partes. Atraídos por el ruido, los hombres acudie-

ron a ver qué
había pasado. Uno
de ellos recogió un grano de
maíz, se lo metió en la boca, lo masticó y
lo tragó. Los demás lo imitaron.

Todos comieron hasta hartarse, y aún quedaban muchísimos granos de maíz esparcidos a la redonda.

—Recójanlos y vengan conmigo —dijo Quetzalcóatl—, les enseñaré a plantarlos.

Con paciencia, les enseñó a preparar surcos y a poner en ellos los granos de maíz. Después

53

llamó a su hermano, el Dios de la Lluvia, y le pidió que los regase cuando fuese necesario.

Cada vez que llovía, del suelo subía un olor delicioso de tierra mojada, dulce como el maíz que nacía en la tierra. Las plantas crecieron vigorosas. Pronto el viento meció los choclos suculentos. Y a partir de entonces, los hombres nunca más tuvieron hambre.

Leyenda de los Guajiros

Colombia

El fuego robado

¡Pobres hombres, antes que tuviesen el fuego! Tenían que comer sus alimentos crudos: la carne, cruda, el pescado, crudo. Las papas, crudas.

No podían asar la carne, ni ahumarla, así que la cortaban tan finamente como podían, la extendían al Sol, y se la comían apenas estaba seca.

Pero eso no era lo peor... Al no tener fuego, no podían abrigarse del frío. Los hombres no poseen, como muchos animales, abrigos de piel propios, y sufrían mucho en invierno. Algunos dormían metidos dentro de grandes troncos huecos;

otros se encerraban en cuevas que tapaban con peñascos y piedras, y otros aun, habían logrado construir unas cabañas precarias con troncos mal atados y techos de hojas de palmera; donde mal que bien se abrigaban del viento.

En esas condiciones, las noches no pasaban nunca, eran largas y heladas... Pero eso no era lo peor... En las noches sin fuegos, los animales de la selva corrían en busca de presa. Y no desdeñaban la presa humana.

Sin embargo, el fuego existía. Maleiwa era su dueño, y lo guardaba en una gruta hecha

con piedras encendidas, fuera del alcance de los hombres. Maleiwa había prohibido a los hombres acercarse a la gruta y la vigilaba él solo, constantemente, día y noche.

Cuando Maleiwa prohibía algo, a nadie se le ocurría siquiera discutir con él. Era Dios, y sus castigos eran muy temidos.

No era que Maleiwa detestara a los hombres... al contrario, los quería mucho, pero a su modo. Si rehusaba darles el fuego, era por miedo a lo que los hombres —que para él sólo eran niños—, pudieran hacer con él.

Los hombres —¡bien lo sabía su Creador!—, eran seres imperfectos. Podían quemar sus viviendas, incendiar los montes, matar con el fuego a las demás criaturas vivientes, quemarse ellos mismos, usarlo para hacer maldades y precipitar sobre la Tierra toda clase de calamidades, si él les entregaba el fuego.

No, no y no. Mejor era que siguieran así, temblando de frío, pero indefensos e inofensivos.

Ese día, Maleiwa estaba como siempre en su gruta, junto al fuego, cuando hasta él llegó un joven: Junuunay, muy aterido.

¡Eso era tamaña desobediencia! Maleiwa se indignó muchísimo, y cuando el joven estuvo casi junto a él, lo increpó duramente:

—¿Cómo te atreves, intruso? ¿Qué haces aquí? ¡Bien sabes que prohibí a los hombres acercarse a esta gruta! Véte enseguida, antes que colmes mi paciencia y te castigue por impertinente...

Junuunay tembló más fuerte, pues al frío se agregó el miedo, pero juntó fuerzas para rogarle:

—Por favor, venerable abuelo, sólo deseo calentarme un poco junto a ti... ampárame de este frío que me hiela los huesos y está a punto de matarme. Tan pronto me haya calentado, partiré sin molestarte más.

Junuunay, así diciendo, bajó los ojos, escondiendo su mala intención.

Maleiwa no contestó nada y se limitó a mirarlo fijamente, tratando de adivinar qué escondía el alma del muchacho. Éste, entonces, se echó a temblar fuertemente. Se le puso la carne de gallina, le rechinaron los dientes, el frío le erizó la piel, ésta se le puso azul, y él se frotaba como podía las manos heladas una contra otra, para reanimarlas.

Al verlo así, Maleiwa se apiadó de él. Lo dejó sentarse un rato junto al fuego, pero no le quitaba los ojos de encima porque recelaba de su inesperado visitante y las verdaderas razones que lo habían llevado hasta la gruta.

Al rato, los dos se frotaban las manos muy contentos cerca de las llamas, disfrutando del calorcito.

Las llamas eran tan bellas... Resplandecían hasta fuera de la gruta, como si fueran el fulgor de las estrellas. Parecían las llamas del mismo cielo, esas que llaman rayos y sacuden la tierra cuando hay tormenta. Parecían estar vivas, parecían bailar. Parecían llamar a Junuunay y decirle: "llévanos contigo adonde quieras, somos tuyas..."

Junuunay tomó valor y se puso a conversar con Maleiwa para distraerlo. Pero éste no le contestó, y en cambio siguió contemplando las hermosas llamas.

Pasó otro largo rato y se levantó un poco de viento. El viento susurraba en los árboles y hacía flamear las llamas como si fuesen banderas. Maleiwa se distrajo un instante con el ruido que hacían y volvió la cabeza hacia el lugar de donde provenían.

¡Eso era lo que esperaba Junuunay! Sacó del fuego dos brasas encendidas y las escondió en un morralito que llevaba colgado a la cintura. Enseguida se despidió apresuradamente y huyó de la gruta a la carrera, escondiéndose en los matorrales para escapar de la ira de Maleiwa.

¡Y vaya que Maleiwa se enojó! Corrió tras él dispuesto a castigarlo, furioso y gritando:

—¡Grandísimo bribón, me engañaste! ¡Cuando te alcance te castigaré, condenándote a una vida terrible! ¡Vivirás en el barro para siempre, te enterraré en un estercolero! —juraba, mientras corría tras él con la velocidad del viento, arrasando las hojas de los árboles y sacudiendo a su paso, sin piedad, cada matorral.

Junuunay corría lo más rápido que podía. Pero sus pasos fueron haciéndose lentos y cortos, tan cortos, que apenas conseguía avanzar. Maleiwa pronto lo alcanzaría...

Viéndose perdido, llamó a un cazador en su ayuda. Kenaa apareció ante él, y Junuunay le entregó una de las brasas.

—Escóndela bien y protégela con tu vida —le pidió.

Pero Kenaa nunca había visto algo así. La brasa le pareció una joya bellísima y se quedó contemplándola.

—¡No pierdas ni un segundo! ¡Huye ya con ella, vete, anda! —lo empujó Junuunay.

Kenaa echó a correr con la brasa en la mano, antes que Maleiwa llegase hasta allí. Junuunay se marchó por otro camino, lo más rápido que pudo. Compadeciéndose de ellos, el Sol los ocultó un rato. Después se fue a dormir, abandonando a los dos indios. Llegó la noche.

Kenaa buscaba dónde esconderse, pero el fulgor de la brasa encendida lo delataba. Así fue como Maleiwa lo encontró, metido en un matorral.

Para castigarlo, Maleiwa lo convirtió en cocuyo, y desde entonces vemos esos animalitos luminosos en las noches oscuras, gracias a la luz intermitente que emite la brasa que aún tratan de esconder.

Entretanto, Junuunay seguía corriendo, protegiendo la otra brasa. Buscaba a quién entregársela antes que Maleiwa lo encontrase a él también.

De pronto cruzó por el camino Jimut, el cigarrón, y Junuunay le rogó:

—Amigo mío, Maleiwa me persigue porque le robé el fuego que tanto cuida, para dárselo a los hombres. Toma esta brasa, huye con ella y escóndela en un lugar seguro, pues quien la encuentre será el más afortunado de los hombres.

Jimut aceptó de buen grado. Tomó la brasa, que Junuunay le tendió con sus últimas fuerzas, y se la llevó consigo. Buscó dónde esconderla, pero ningún lugar le pareció seguro. La metió en el tronco de un olivo, pero enseguida la sacó y la enterró en otro árbol. Después la pasó a otro árbol, y a otro, y a otro más.

De ese modo, el cigarrón fue multiplicando la brasa por todas partes, escondiéndola en los árboles del bosque, hasta que llegase un hombre capaz de reconocerla.

Un día llegó a ese bosque un niño llamado Serumaa. Saltaba y corría por el bosque, y se detenía a menudo a saludar con cariño a los árboles.

—¡Psss... acércate y te mostraré mi tesoro! —le dijeron algunos árboles.

Serumaa así lo hizo, y el olivo y los demás árboles apartaron sus ramas o le mostraron sus troncos abiertos. Ante los ojos maravillados del niño aparecieron muchas llamitas brillantes, que bailaban sobre el trocito de brasa que Jimut había repartido entre todos sin querer.

Serumaa apenas empezaba a hablar. Pero ya sabía decir: —¡Skii, Skii!, (¡fuego, fuego!)

El niño volvió a su casa gritando ¡fuego! sin parar.

Al oírlo, los hombres salieron de sus cabañas, de los troncos huecos y de los agujeros donde vivían y le pidieron a Serumaa que los llevara adonde había encontrado el fuego. En el bosque estaba Jimut, el cigarrón, parado encima de un tronco, como indicándoles el lugar exacto.

Horadaron el tronco del árbol y de él saltaron astillas. Estaban tan tibias, que los hombres las frotaron una contra otra para calentarse las manos.

El Sol se abrió paso entre las nubes y añadió su calor. De pronto, de las astillas surgió una llamita. Los hombres gritaron de júbilo y se quemaron las manos tratando de asirlas. Algunas varitas encendidas cayeron al suelo y le prendieron fuego a las hojas secas caídas al pie del árbol.

De allí el fuego pasó a otros árboles, a un tronco seco y a otro más... pronto se propagó por la selva entera y ésta se iluminó por completo, crepitando.

¡Los hombres habían aprendido cómo hacer fuego!

Uno por uno se acercaron a las llamas, frotaron dos varitas entre sí y se pasaron el fuego entre ellos. Muy pronto tuvieron que dedicarse a dominarlo. El fuego se extendió por todos lados, y amenazó con destruirlos a ellos y a la selva, como temía Maleiwa.

Pero los hombres le echaron encima tierra húmeda y fría, y rescataron las brasas del rescoldo. Las guardaron en sus hogares, entre piedras que llamaron cocina.

Desde entonces, los hombres preparan sus alimentos, calientan sus casas en las noches frías y ya no tienen miedo de los animales salvajes. ¡Ni los jaguares se acercan, por miedo a quemarse los bigotes!

Maleiwa estaba furioso con Serumaa. Lo buscó por todas partes y lo encontró en su casa, jugando junto a su madre al calor del fuego. Y pese a que era sólo un niño pequeño, lo castigó por haberles entregado el fuego a los hombres. Maleiwa lo convirtió en un pajarito que salta de rama en rama por el bosque, diciendo sin parar:

—¡Skii, Skii! ¡Fuego! ¡Fuego!

Será para siempre un niño pequeño. Y nunca aprenderá a hablar.

Mito del diluvio

Perú

Por qué balaron
los carneros

Un día, un pastor despertó a medianoche, inquieto. No pasaba nada, pero no podía dormir. Eso no le sucedía nunca: se acostaba cansado y dormía como un tronco.

El pastor se sentó en la cama. No se oía ningún ruido. Eso tampoco era normal. Siempre sonaban los grillos y chistaban las lechuzas. Esta noche, no. Todos los ruidos de la noche habían callado. El mundo entero escuchaba el silencio.

El pastor se puso el pantalón, se calzó las ojotas, y tiritando de frío, fue al corral. Los carneros también estaban despiertos.

Sentados en círculo, miraban fijamente el cielo estrellado, preocupados.

—¿Qué sucede? ¿Por qué no duermen? —preguntó el pastor.

En esos tiempos, hombres y animales hablaban el mismo idioma. Los carneros contestaron:

—¿Ves esas estrellas? Están todas juntas, como nosotros. Dicen que el mundo se acabará dentro de poco. Moriremos todos ahogados.

Los carneros balaron lastimeramente. El pastor trató de calmarlos, pero no hubo caso. Meneando la cabeza, el hombre regresó a la cabaña. Despertó a su mujer y sus seis hijas, y les contó por qué balaban los carneros.

La sexta, la más pequeña, se echó a llorar.

La quinta metió la cabeza bajo la almohada para no escuchar más.

La cuarta no lo creyó.

La tercera suspiró.

La segunda se rió.

La primera preguntó: —¿Qué haremos, papá?

—¡Rápido, vístanse y junten toda la comida que tenemos! Iremos con los carneros al Ancasmarca, nuestro cerro más alto.

¡Justo a tiempo! Apenas empezaron a trepar por la ladera del cerro, comenzó a llover.

Llovía y llovía. El pastor y su familia avanzaban apenas por los caminos embarrados. Los

carneros los seguían temerosos, con la lana llena de lodo, balando, balando... Ellos subían lentamente, el agua rugía y corría tras ellos a toda velocidad, pero no conseguía alcanzarlos: la cima de la montaña parecía estar siempre a la misma distancia, justo arriba del torrente que quería sumergirla.

El agua ya había sepultado la tierra, cubierto los valles, tragado a los otros cerros. El Ancasmarca resistía su embate, porque...¡a medida que el agua subía, él crecía!

Por fin el pastor, su familia y los carneros llegaron a la cumbre. Era de noche. Las estrellas no se veían. Aún llovía. Llegó el día, pero el cielo seguía llorando. Comían a oscuras, dormían a oscuras, refugiados todos juntos bajo una gran roca, apretados contra los carneros para darse calor.

Un día no llovió más. Un Sol pálido iluminó el silencio. Las aguas bajaron...Y a medida que bajaban, bajaba la altura del cerro...

Muchos días después, la tierra amaneció seca. El Ancasmarca había vuelto a su altura normal, y el pastor y su familia pudieron bajar del cerro. Con ellos y sus carneros volvió a poblarse el mundo. Y los carneros, desde entonces, son los mejores amigos del hombre.

Paraguay

Hermano Sol y
hermano Luna

ol y Luna eran dos hermanos, y vivían en la Tierra. Sol era el mayor, y Luna el menor.

Sol era muy comilón, y sólo estaba contento cuando comía carne, mucha carne, todos los días.

También era perezoso, y se alegró mucho cuando su hija se casó, porque así, en vez de cazar él, cazaría su yerno.

El Sol se relamía: su yerno tenía fama de buen cazador. ¡Por fin comería toda la carne que quería! Durante mucho tiempo así fue, el yerno traía a casa jabalíes, cerdos, ciervos y muchos otros animales.

Sus cacerías eran largas, y regresaba tambaleándose bajo el peso de las presas.

El Sol lo esperaba sentado, con la servilleta atada al cuello y el cuchillo y el tenedor en la mano. ¡Qué banquetes se daba! Pero poco a poco el cazador empezó a cazar menos. Y cuando una semana entera regresó con las manos vacías, el Sol lo estaba esperando de pie, no sentado a la mesa:

—¡Vete, ya no me sirves, no eres digno de mi hija! —le dijo muy enojado. Y lo echó.

Resentido, el orgulloso cazador fue a ver a Luna, el hermano de Sol.

—Quiero casarme con tu hija —le dijo—. Pero no esperes que regrese cada día con muchas piezas de caza, a veces no encuentro nada.

Luna adivinó enseguida qué había pasado.

—No te preocupes por mí, no soy como mi hermano Sol... tengo poco apetito, y cualquier cosa me contenta... —dijo Luna, envuelto en un manto de frío.

Así fue. ¡Qué cambio! El cazador era feliz, porque no tenía que preocuparse si alguna vez no traía bastante caza para su suegro. Entretanto, Sol lo buscaba por todos lados, hambriento.

—Se fue a vivir con tu hermano. Se casó con la hija de Luna —le contaron.

—¡Así que ahora es el yerno de mi hermano! ¡Iré a decirle que me lo devuelva! —dijo Sol.

Pero Luna no se lo quiso dar, y para consolarlo, le regaló a su hermano un venado congelado. Sol emprendió solo el viaje de regreso, cargando el venado y una bolsa llena de ñandúes, jabalíes y cerdos salvajes para la cena de ese día.

Por el camino empezó a sentir frío. Un frío terrible. El Sol se echó a temblar. Tenía las manos heladas y arrastraba los pies penosamente. Sus rayos se cubrieron de hielo. Con la poca energía que le quedaba, consiguió a duras penas llegar hasta su casa

Cuando se repuso dijo:

—Invitaré a mi hermano a cosechar mis campos y me vengaré.

A la mañana siguiente llegó Luna, y fueron juntos a cosechar maíz, melones y sandías.

Repartieron los frutos y Luna emprendió camino a su casa cargando una gran bolsa con su parte de la cosecha.

Por el camino empezó a sentir calor. Mucho calor. La bolsa le quemaba la espalda, los brazos, las manos. Luna dejó la bolsa en el camino. Tenía mucha sed, y no había agua por ningún lado. La boca se le resecó, los labios se le agrietaron, su lengua parecía una esponja. Por fin Luna llegó a su casa. Metió la cabeza en el pozo, bebió agua hasta que lo vació, y después se durmió.

—Esto le enseñará a no hacerme pasar frío —dijo Sol.

Sol envió una tremenda ola de calor contra Luna. Luna la soportó enviándole una oleada de frío terrible. Eran igualmente poderosos, así que el calor de Sol no pudo vencer al frío de Luna, ni éste pudo vencer el calor de Sol.

—Mi hermano Sol y yo no podemos seguir viviendo juntos —pensó Luna, muy enojado.

Sol también estaba furioso:

—Tenemos que separarnos, no me importa adónde vaya Luna, no quiero volver a verlo.

—Me iré al espacio —dijo Sol.

—Yo también, pero lejos de ti —dijo Luna.

A medida que se alejaban por el cielo iban cambiando de forma. Sol se convirtió en una bola ardiente. Luna, en todo más moderado, se convirtió en el disco pálido y dulce que vemos en el cielo estrellado.

Nunca más se vieron. Sol reina de día. Y Luna ilumina las noches.

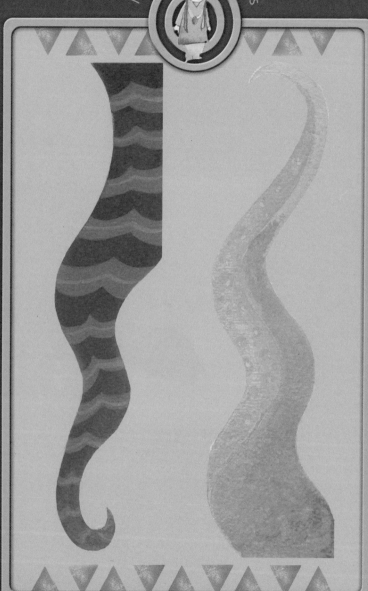

Mito de los Mapuches

Chile

Tentenvilu y
Caicaivilu

ecién creado, el mundo era muy inestable. De vez en cuando temblaba y se sacudía violentamente, como si quisiera arrojar de sí todo lo que había en su superficie.

Había dos serpientes de mar; Caicaivilu y Tentenvilu. Caicaivilu era mala y egoísta; y se divertía destruyendo todo lo que encontraba en su camino. Tentenvilu era justo lo contrario.

Una mañana que estaba de mal humor, es decir, del humor habitual, Caicaivilu hizo soplar un tremendo huracán. El viento sobresaltó el mar y le hizo levantar

Aída E. Marcuse

enormes olas. Las olas se precipitaron sobre la tierra, la cubrieron totalmente, y destruyeron todo a su paso.

Daba lástima ver los campos inundados, la tierra fértil convertida en barro, los animales ahogados, las casas destruidas, hombres, mujeres y niños que huían despavoridos, tratando de escapar de las aguas que avanzaban, dispuestas a tragárselos. Los hombres y animales que pudieron, treparon por las laderas de las montañas.

El ruido era ensordecedor. El viento silbaba, el agua rugía. La tierra temblaba como un mundo que se acaba. El ruido era tal, que despertó a Tentenvilu, la otra serpiente. Tentenvilu era buena, tranquila, amistosa.

En cuanto despertó supo quién causaba la conmoción. Su eterna enemiga, Caicaivilu, había vuelto a las andadas. Tentenvilu respiró hondo:

—¡Uno, dos, y tres, este mundo está al revés! ¡Ocho, nueve y diez, lo arreglaré otra vez! —dijo.

Bueno, yo no estaba allí, así que no sé si dijo eso, otra cosa, o no dijo nada. Lo que cuentan los mapuches es que Tentenvilu no dudó ni un instante en lanzarse a luchar contra Caicaivilu.

—¡Vaya desastres ha hecho en poco tiempo! —suspiró Tentenvilu.

No se veía más que agua y barro, rocas sueltas y gente y animales aferrados a maderos, ramas, a lo que podían; a punto de ahogarse.

Sin dejarse descorazonar, Tentenvilu usó la cabeza. De veras, la usó para juntar las rocas en su poderosa nariz. Sí, también usaba la cabeza para pensar, pero ahora era más importante usarla como pala y soplete.

Después sopló sobre las rocas, éstas se convirtieron en montañas y empezaron a crecer y crecer. Los hombres y animales que chapoteaban en el agua aferrados a las rocas, de pronto se encontraron allá arriba, arañando el cielo.

—¡Mamá, quiero bajar! —se asustaron algunos.

Cuando se dieron cuenta que se habían salvado, se sentaron en las cimas puntiagudas, y esperaron.

Caicaivilu se enfureció. ¡Cómo se atrevía Tentenvilu a contrariarla! Sopló más fuerte, rugió, echó fuego por la nariz como un dragón, y las aguas se lanzaron con furia contra las montañas recién creadas.

El suelo temblaba violentamente. Las montañas se balanceaban de aquí para allá, amenazando caer en las aguas que socavaban sus bases.

Tentenvilu corrió a sujetarlas. Rodeó a una con el cuerpo, a otra con su largo cuello, a otra la apuntaló con su enorme cabeza.

Las montañas resistieron. Pasaron muchas lunas, pero nadie estaba con ánimo de contar cuántas fueron. Los antiguos dicen que durante largo tiempo en el mundo fue noche oscura y que llovió sin pausa. No salió el Sol, sólo había muerte y desolación.

Uno de esos días sin día, un manto de silencio cubrió el mundo. El viento dejó de ulular. Cesó la lluvia. Apareció un tímido Sol, pero brilló apenas un rato. Eso fue suficiente. Había ganado Tentenvilu. Caicaivilu se retiró rumiando su rabia. Pronto tendría otra oportunidad, como siempre.

Caicaivilu se hundió en el océano, y desde entonces sólo reaparece en terremotos y maremotos.

El Sol se hizo más fuerte. Calentó la Tierra, y los hombres bajaron de las montañas, seguidos por los animales que habían sobrevivido.

Eran pocos, pero alcanzaron para repoblar la Tierra. Algunos de los muertos se convirtieron en peces y otros en rocas. Las aguas formaron canales, golfos, ensenadas y lagos. Algunas de las montañas se transformaron en las islas del archipiélago de Chiloé. Otras son los altos picos de la cordillera de los Andes.

¿Te imaginas cómo habrá sido encontrarse de pronto aferrado a la punta del Aconcagua?

Brrrrr.... ¡Ojalá que Caicaivilu no se despierte nunca más con ganas de pelear!

Poesía Azteca

México

¡Cantemos ya!

(Del libro: **Romances de los señores de la Nueva España,**
de Miguel León Portilla, Trece poetas del mundo Azteca,
Universidad de Texas, 1967)

Resuenan los timbales color de jade,
lluvia de florido rocío
ha caído sobre la tierra.
En la casa de plumas amarillas
está lloviendo con fuerza.
Su hijo ha bajado,
en la primavera desciende allí,
es el Dador de la Vida,
sus cantos hacen crecer,
se adorna con flores en el lugar
de los atabales,
se entrelaza.
De aquí ya salen
las flores que embriagan.
¡Alegráos!

Hechos con palabras

Y así es como, nada más que con palabras, fue creado todo lo que existe, mundos, hombres, mujeres, animales y plantas.

Gracias a las palabras estas historias se conservarán para siempre. Porque mientras haya gente que las cuente, seguirán pasando de generación en generación, hasta el fin de los tiempos...

Siempre habrá una noche oscura y silenciosa...

Shhhh... escucha... afuera hace frío... Sigamos contando cuentos...

Los Inuit

Son pueblos de origen mongol que viven en pequeños grupos, muy lejos unos de otros, en las estepas heladas del círculo Ártico, desde Siberia hasta Groenlandia y Canadá.

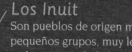

Los indios Pima

Grupo de tribus que incluye a los Papago. Viven en los cañones y mesetas del suroeste de Estados Unidos, entre los ríos Pecos, Colorado, San Juan y el Gran Cañón del Colorado; en la región donde se encuentran los estados de Arizona, Colorado, Utah y Nuevo México. Son hábiles constructores y artesanos, y las mujeres, expertas en cestería.

¿Quiénes eran estas tribus?

Los Iroqueses

Este nombre designa a una Liga de cinco naciones indígenas: los Cayuga, Mohawk, Oneida, Nondaga y Seneca, que vivían en la región que va desde el estado de Nueva York hasta Ontario. Eran pueblos agricultores, regidos por un sistema matriarcal, en el cual las mujeres heredaban todos los títulos y bienes de la familia y ejercían el gobierno.

Los Cheroqui

Vivían en un inmenso territorio que iba desde Virginia hasta Florida, y desde el oeste hasta el río Misisipi. Tenían un alto grado de civilización, eran agricultores y vivían en aldeas permanentes. Su organización era matriarcal, y según los tiempos, tenían un "cacique de guerra" o una "cacica de paz". Al correr del tiempo, inventaron su propio sistema de escritura.

Los Aztecas

Pueblo guerrero de México, cuyo idioma, el nahuátl, aún es hablado por más de un millón y medio de indígenas. Dejaron de su cultura numerosas estelas, cerámicas, templos, palacios y pirámides; además de muchos"códices", unos libros hechos en piel de venado o amatl, un tipo de papel, escritos en esa lengua. Además, establecieron dos calendarios, uno de 260 días, para las ceremonias religiosas, y otro, muy preciso, de 365 días. Su religión incluía los sacrificios humanos. Tenían grandes conocimientos de astronomía. Tenochtitlán, la capital de su imperio, asombró a Hernán Cortés y los españoles que la descubrieron en 1519.

Los Mapuches
o Araucanos

Pueblo guerrero que fue pacificado hace apenas cien años, están afincados desde el río Bío-Bío hasta la provincia de Osorno, en Chile, y en la Argentina, al otro lado de la cordillera de los Andes. Poseen numerosa literatura oral, y desde la infancia se dedican a la oratoria, que es su arte verbal favorito.

Guajiros

Son una de las etnias indígenas más numerosas. Habitan en la península de la Guajira, una región desértica entre Colombia y Venezuela. Viven en clanes compuestos por varias familias, y su organización social es matriarcal. Hasta hoy conservan su lengua, su música con instrumentos propios y su cultura ancestral. Viven del pastoreo de cabras y ganado vacuno. Son seminómadas, y se mudan cuando se agotan sus abrevaderos. Los clanes principales se asocian con animales totémicos, como Uriana, (tigre), Epinayú (venado), Ipuana (halcón), y otros. Cultivan maíz, yuca, plátanos y hortalizas en una agricultura de subsistencia. Son famosas sus bellas artesanías, tapices, mantas y coloridos trajes.

Los Quechuas

Originarios de la región del lago Titicaca, los Quechuas, una de cuyas tribus más conocidas fueron los Incas, eran un pueblo guerrero. En sólo dos siglos, formaron un gran imperio que abarcó Bolivia, Perú, Ecuador, el sur de Colombia, y el norte de Chile y de Argentina. Su religión era politeísta y poseían grandes conocimientos de astronomía, medicina e ingeniería. De ellos quedan imponentes monumentos, como el santuario de Machu-Pichu y la fortaleza de Sacsayhuamán. El quechua todavía es el segundo idioma del Perú.

Los indios del Gran Chaco

Se incluyen en esta denominación a varias tribus de los pueblos guaycurúes, entre ellas, a los Matacos y los Tobas. Ocupaban una vasta región del norte argentino, en las provincias de Santa Fe, Formosa, Salta, Santiago del Estero y hasta el Paraguay.
En aymará, chaco quiere decir "lugar de cacería". Eran grupos nómadas o seminómadas, que vivían de la caza y de la pesca y también de la explotación de los bosques, sobre todo, de los quebrachales. Se organizaban en grupos de unas 80 personas, integrados por familias emparentadas con el jefe del grupo, cuyo poder era hereditario, pero que era asistido y controlado por un consejo de ancianos.

Bibliografía

**Standard Dictionary of Folklore, Mythology
and Legend,** Funk & Wagnalls, Harper
and Row, Publishers, 1976.

Dictionary of Creation Myths, David
Leeming y Margaret Leeming, Oxford
University Press, 1994.

The Myths of Mexico and Peru, Lewis
Spence, Dover Publications, Inc. New
York, 1994.

Tales of the North American Indians,
Stith Thompson, Indiana University
Press,1966.

The Mythology of North America, de John
Bierhorst, William Morrow Co., New
York, 1985.

Literaturas Indígenas de México, Miguel
León-Portilla, Fondo de Cultura
Económica, México, 1995.

Tesoro mitológico del archipiélago de Chiloé,
Narciso García Barría, Editorial Andrés
Bello, 1989.

Los Aztecas, Robert Nicholson y Claire
Watts, Laredo Publishing Co., 1993.

Mayan Folktales, Traducidos del maya por
James D., Sexton University of New
Mexico Press, 1999.

Hidtptoa, Historia de la conquista de México,
Francisco López de Gomara, Biblioteca
Ayacucho, Venezuela, 1979.

Relatos y tradiciones Mapuches, Mayo Calvo,
Editorial Andrés Bello, Chile, 1983.

Mitos y leyendas del Perú (tres tomos),
César Toro Montalvo, AFA Editores,
Lima,1990.

Cosmogonía y mitología indígena americana,
   Dick Edgar Ibarra Grasso, KIER
   Bs.As.,1980.

Indígenas de América, Instituto Indigenista
   Interamericano, México, 1967.

Zuñi Fetishes and Carvings, Kent McManis,
   Treasure Chest Books, Tucson, Arizona,
   1995.

Pueblo y bosque, folklore amazónico,
   Francisco Izquierdo Ríos, Villanueva
   Editor, Lima, 1975.

Los mitos del Sol, Hugo Niño, Edic. Arte Dos
   Gráfico-Bogotá, 1993.

Mitos del Perú, Oscar Espina La Torre,
   Ironyodla Editores, Lima,1994.

**Mitos y leyendas de los Aztecas, Incas,
   Mayas y Muiscas,** Walter Krickeberg,
   Fondo de Cultura Económica, 1995.

Aztec and Maya Myths, Karl Taube, British
   Museum Press y University of Texas
   Press, Austin, Texas, 1993.

American Folklore, recopilados por los
editores de LIFE - Time Incorporated,
New York, 1961.

Cuentos Mapuches de Chile, Yolando Pino
Saavedra, Editorial Universitaria, Chile,
1988.

Mitos colombianos, Javier Ocampo López,
El Áncora Editores, Bogotá, 1988.

Mitología americana, Enrique Rafael
Morales Guerrero, Fondo Nacional
Universitario, Bogotá, Colombia, 1997.

***Romances de los señores de la Nueva
España,*** de Miguel León Portilla, Trece
poetas del mundo Azteca, Universidad
de Texas, 1967.

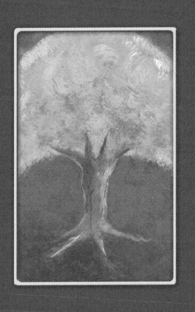